Directeur : Antoine Béon
Responsable éditoriale : Adélaïde Lebuy
Responsable artistique : Pauline Ortlieb
Édition : Cécile Brochet
Graphiste : Glen Le Boulicaut
Fabrication : Marine Wiplier
Adaptation texte : Sophie Koechlin
Mise en page : Céline Trouvé
Relecture : Catherine Rigal

Édité par Hachette Livre : 58, rue Jean Bleuzen – 92178 Vanves Cedex
Imprimé par Dimograf en Pologne – Achevé d'imprimer : mars 2021
ISBN : 978-2-01-628271-7 – Édition : 01 – Dépôt légal : mars 2021
Loi n° 49-956 du 16 juillet 1949 sur les publications destinées à la jeunesse.

Pour tout renseignement concernant nos parutions, nous contacter par téléphone
par e-mail : disney@hachette-livre.fr

Pour l'éditeur, le principe est d'utiliser des papiers composés de fibres naturelles, renouvelables, recyclables et fabriquées à partir de bois issus de forêts qui adoptent un système d'aménagement durable. En outre, l'éditeur attend de ses fournisseurs de papier qu'ils s'inscrivent dans une démarche de certification environnementale reconnue.

Disney
RAYA ET LE DERNIER DRAGON

hachette
JEUNESSE

Autrefois, les habitants de Kumandra vivaient en harmonie aux côtés des dragons. Un jour, une ombre mortelle appelée Druun se répandit, détruisant tout sur son passage et pétrifiant les gens.

Les dragons disparurent en combattant ce terrible fléau. Sisu, le dernier d'entre eux, déversa alors toute **sa magie dans une pierre qui anéantit le Druun.**

Les humains revinrent à la vie, mais Kumandra se divisa en cinq Terres : Cœur du dragon, Croc du dragon, Dos du dragon, Queue du dragon et Griffe du dragon. Quant à la Pierre du dragon, elle fut conservée dans un endroit secret…

Les siècles ont passé. Une nuit, **une petite guerrière nommée Raya** se faufile dans le temple de Cœur. Aidée de son ami Tuk Tuk, elle atteint une grotte où rayonne un superbe joyau.

À cet instant, épée en main, Benja, le chef de Cœur, s'interpose :
– Tu ne mettras pas un doigt de pied dans le cercle gravé de la Pierre du dragon !

Raya entre alors en action.

Le combat est rude, mais Raya parvient à poser un pied dans le cercle. Benja la félicite et verse sur sa tête de l'eau sacrée du lac.

– Tu as passé le test, Raya, ma fille, princesse de Cœur. Depuis des générations, notre famille protège ce joyau magique. **Aujourd'hui, te voilà Gardienne de la Pierre du dragon.**

Peu après, dans l'espoir de les réconcilier, Benja invite tous les clans à un banquet.

– Jadis, nos peuples étaient unis, déclare-t-il. C'est pourquoi nos Terres portent **les noms des cinq parties du corps de Sisu, le dernier dragon...**

À la fin du discours, Namaari, la princesse de Croc, s'approche de Raya.

– Ton pendentif représente Sisu ? lui demande Raya avec admiration.

Namaari offre alors son pendentif à Raya et raconte qu'après sa victoire, le dernier dragon s'est endormi à l'embouchure d'une rivière. En retour, Raya décide de lui montrer la Pierre du dragon. Or, une fois dans la grotte,

Namaari l'attaque et les soldats de Croc tentent de voler la Pierre !

Bravement, Benja les repousse.

Hélas, les autres clans s'en mêlent et, dans la cohue, la Pierre du dragon se brise, libérant le Druun ! Pour se protéger, chaque peuple s'empare d'un morceau magique avant de fuir. Désespéré, Benja entraîne Raya sur le pont.

– Retrouve les autres ! dit-il en lui donnant le dernier fragment.

Poussée dans l'eau avec Tuk Tuk, **Raya voit avec effroi le Druun pétrifier son père.**

Pendant les années qui suivent, Raya explore toutes les rivières du monde afin de retrouver Sisu, le seul être capable de vaincre le Druun et de rendre la vie à son père. **Un jour enfin, Tuk Tuk la conduit vers le dernier cours d'eau.** Une fois encore, Raya prépare une offrande et prie humblement Sisu d'apparaître.

Lentement, les gouttes d'eau s'élèvent et se transforment en un superbe dragon. **C'est Sisu !** Affamée, elle déguste joyeusement l'offrande.

– J'ai besoin de vous, Sisu, explique Raya. Il faut à nouveau combattre le Druun…

Et timidement, elle sort de son sac ce qui reste de la Pierre magique.

– Oh, non ! s'écrie Sisu. Vous l'avez brisée ?

L'air désolé, le dragon lui confie que la Pierre recelait à elle seule toute la magie des dragons. Mais en touchant le fragment, Sisu se met elle-même à briller si fort que Raya comprend qu'en rassemblant tous les morceaux de la Pierre, **le Druun pourra être vaincu.**

Le jour même, Tuk Tuk emmène Raya et Sisu à la forteresse de Queue.

Au centre de son temple, ils découvrent la reine de Queue, morte en serrant le deuxième éclat. À peine Sisu le touche-t-elle qu'elle se transforme en jeune femme... mais voilà que Namaari surgit avec ses soldats !

– Pourquoi recherches-tu les morceaux de la Pierre du dragon ? lance-t-elle.

En réponse, **Raya déclenche un piège qui retarde Namaari** et s'enfuit avec Sisu.

Au port, Raya bondit sur le bateau de Boun, un jeune pêcheur de crevettes.

– Peux-tu nous conduire à Griffe ? demande-t-elle en lui lançant des pièces de jade.

– Bienvenue sur le *Palais de la crevette* ! répond le garçon.

À son arrivée, **Namaari voit le navire s'éloigner à toute vitesse.** Invisible sous l'eau, Sisu, redevenue dragon, propulse la frêle embarcation avec puissance !

Le soir venu, le bateau longe une côte envahie par le Druun.

– Voilà pourquoi je ne quitte jamais mon navire ! s'écrie Boun, effrayé.

– Cette ombre est née de la discorde entre les hommes, explique Sisu. **Ses nuages sombres n'attendent que notre faiblesse pour attaquer.**

Dans le port de Griffe, une petite fille, Little Noi, et ses trois singes Ongis volent les deux morceaux de la Pierre à Raya. Celle-ci les rattrape et **leur propose de travailler pour elle.** De son côté, Sisu déclenche la colère des marchands en se servant sur les étals sans savoir qu'il faut payer !

– Laissez-la tranquille ! s'interpose une vieille dame.

La vieille dame entraîne Sisu hors de la ville. C'est une ruse : une fois à l'écart, elle lève le troisième éclat de la Pierre du dragon afin d'éloigner le Druun qui rôde.

– Donne-moi les autres morceaux ou je te laisse face à lui, menace-t-elle.

Raya intervient à temps pour sauver Sisu et chiper le fragment des mains de la mégère.

Dès que Sisu le touche, une brume protectrice permet à Tuk Tuk de ramener au port ses cavalières.

Dans le bateau qui les emmène loin de Griffe, Raya met en garde Sisu envers les gens qu'elle ne connaît pas.

– L'ancien monde n'est plus, Sisu, dit Raya.

Vous ne pouvez plus faire confiance aux gens...

– C'est peut-être parce que l'on ne se fait plus confiance que le monde va mal, répond Sisu.

En arrivant à Dos, les deux amies
sont capturées par Tong, un immense guerrier.
**Tuk Tuk, les Ongis et Boun
les libèrent,** mais bientôt, Namaari
et ses soldats encerclent le village. Ils veulent
capturer Raya pour récupérer la Pierre du dragon.
Raya demande alors à Tong de les aider
à s'échapper et il accepte.

Namaari ordonne à ses hommes de brûler le village.
À cet instant, la porte s'ouvre et **Raya apparaît, l'épée de son père à la main.**

Pendant le combat, Tong conduit discrètement le petit groupe hors du village. Mais, en voyant Raya en mauvaise posture, Sisu s'arrête net.

Namaari s'apprête à porter le coup de grâce lorsqu'un brouillard épais s'élève. Sous sa forme de dragon, Sisu en émerge et se place devant Raya.

Stupéfaite, Namaari se fige ainsi que toute son armée. Sisu et Raya en profitent pour filer vers la forêt et rejoindre leurs amis sur le bateau.

En apprenant la mission de Raya et l'identité de Sisu, Tong, Boun, Noi
et les Ongis décident de tout faire pour les aider.
Avec l'espoir de redonner un jour la vie à ceux que le Druun a pétrifiés,
Tong donne à Sisu le quatrième fragment de la Pierre.
Aussitôt, la pluie, son quatrième pouvoir, se met à tomber.

Le cinquième et dernier morceau est celui du clan Croc. Sisu propose de s'adresser directement à Namaari mais **Raya n'a plus aucune confiance en l'autre princesse.** Sisu prend alors Raya dans ses bras et, bondissant de goutte en goutte, s'élève dans le ciel en direction du temple de Cœur.

Là, elle raconte à Raya comment **les dragons ont jadis rempli la Pierre de leur magie.**

– Nous nous sommes fait confiance, explique-t-elle.
C'est grâce à cela que nous avons vaincu le Druun.
Si tu peux faire confiance à Namaari, tu réussiras,
tu ramèneras ton père à la vie et Kumandra redeviendra uni.

De son côté, Namaari est retournée auprès de sa mère, la reine Virana.

– Raya peut réparer ce que nous avons brisé ! lui dit-elle, pleine d'espoir.

Mais Virana n'est pas de son avis. Rien n'assure qu'une fois le Druun vaincu, les peuples ne voudront pas se venger de Croc. **Aussi élabore-t-elle un plan pour capturer Sisu et sa Pierre enchantée.**

Le soir venu, non loin du palais de Croc, Raya espère une réponse de Namaari. En effet, convaincue par Sisu, **elle a fait parvenir à la princesse le pendentif en forme de dragon** que Namaari lui avait offert quand elles étaient enfants. En attendant, une bonne soupe redonne du courage à tout le groupe.

Enfin, des feux d'artifice éclatent dans le ciel.

– Qu'est-ce que cela signifie ? demande Sisu.

– Que Namaari accepte de nous voir, explique Raya. Mais tu devras rester cachée tant que nous ne serons pas certains que ce n'est pas un piège. **Promets-le-moi.**

En souriant, Sisu promet.

Venue seule, Namaari salue Raya et dépose son morceau de la Pierre sur le sol. Rassurée, Sisu sort de sa cachette.

Soudain, Namaari lève une arbalète !

– Sisu et la Pierre viennent avec moi ! menace-t-elle.

– J'ai confiance en toi, Namaari, répond calmement Sisu. Tout comme nous, tu veux sauver ce monde, n'est-ce pas ?

Alors que Namaari hésite, Raya dégaine son épée et tout le groupe arrive à la rescousse. Paniquée, Namaari tire par mégarde et frappe de plein fouet Sisu qui tombe dans le lac entourant le palais. **En quelques secondes, l'eau s'évapore, laissant place aux sombres nuées du Druun.**

– Nous ne pourrons plus le vaincre, désormais ! gémit Tong, accablé.

Furieuse, Raya poursuit Namaari jusqu'au palais.
Déjà, le Druun a pétrifié la reine.
Sans pitié, Raya engage le combat.

– Je n'ai jamais voulu cela, crie Namaari, désespérée.
Sisu m'a fait confiance, mais toi, tu ne l'as jamais écoutée.
Nous sommes toutes deux fautives !

Raya réalise que Namaari a raison.
Il faut avant tout sauver les gens de Croc.
Bravement, elle rejoint ses amis
qui foncent à leur secours en levant
leurs fragments pour chasser les nuées.
Namaari les guide vers la montagne
quand **un terrible tremblement
de terre se déclenche.**

Incapable d'avancer, le petit groupe voit l'ombre l'encercler.

– J'ai confiance en toi…, dit alors Raya en donnant sa Pierre à Namaari.

Ses amis font de même et, un instant plus tard, ils sont pétrifiés. Restée seule, **Namaari doit choisir : fuir ou affronter le Druun.**

Elle n'hésite pas. Après avoir assemblé les cinq morceaux, elle pose sa main sur l'épaule de Raya. Le Druun la pétrifie à son tour, puis la Pierre du dragon noircit. Lentement, le joyau se remet à briller et soudain, de puissants anneaux lumineux en jaillissent, anéantissant le Druun. Enfin, **une pluie magique libère les vivants de leur prison de pierre.**

Raya, Namaari et leurs amis se réjouissent à la vue de l'eau qui dévale à nouveau les rivières.

Mieux encore : dans une lumière éclatante, tous les dragons réapparaissent !

Un long moment, ils tournoient sous la pluie, enchantés de se retrouver.

– Raya ! s'exclame ensuite Sisu en se posant à terre. Tu sais quoi ? J'ai très faim !

Peu après, Raya retourne à Cœur. Debout sur le pont, Benja l'attend. Des larmes de joie coulent sur ses joues tandis qu'il serre sa fille contre lui.

Remplie de bonheur, **Raya lui présente Sisu et son courageux groupe d'amis.**

– Bienvenue à Kumandra, Père ! murmure-t-elle enfin.